童話大語文

詞語篇（上）
詞語的分類

陳夢敏　著
冉少丹　繪

新雅文化事業有限公司
www.sunya.com.hk

目錄

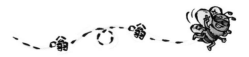

喜歡變來變去的國王

（知識點：名詞）

　　從前，有一個國王，大家都管他叫

「變來變去國王」，因為他的主意常常

變來變去。

　　有時候，他命令王國裏所有的孩子

都要頂着水罐 去上學，沒隔幾天，他又讓孩子們拎着籃去上學；有時候，他命令王國裏所有的男人都只能穿藍色衣服，女人只能穿紅色衣服 出門，沒隔幾天，他又把命令調換了過來；有時候，他命令所有人都要踮着腳走路，沒隔幾天，他又讓所有人像兔子 一樣蹦着走⋯⋯

總之，變來變去國王就喜歡變來變去。這會兒，他又有了新的想法，他要把王國裏所有的東西都變一變名字。

椅子不能叫椅子，要改叫**仙人**

掌；**甜湯**不能叫甜湯，要改叫**墨汁**；**披風**不能叫披風，要改叫**雨傘**；**駿馬**不能叫駿馬，要改叫**老虎**……

這一天早上，國王醒來，發現窗外的陽光很好。他大聲吩咐僕人：「給我來碗墨汁！」沒錯，國王是想喝碗甜湯之後再出門。可現在，甜湯已經改叫墨汁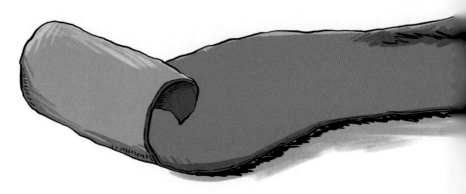了。

當變來變去國王打算坐下來美美地喝上幾口時，他發現面前擺着的竟然是一碗黑乎乎的墨汁！

「你怎麼都不動動腦子呢？來人啊，把他關進監獄。」國王生氣地大喊大叫。

他又吩咐另一個僕人為他準備一件披風。當然，從他嘴裏說出來的可不是披風，是雨傘。結果呢，僕人真的給他遞過來一把雨傘　。

「你就讓我穿這個出門？」國王怒氣沖沖地把他也關進了監獄。

國王又換了一個僕人，他吩咐道：「我要出門去打獵　　，給我牽隻老虎過來！」國王是想騎馬出門的，可現在，在國王這裏，駿馬已經改叫老虎了。

變來變去國王的運氣實在不好，這個僕人也不知道國王的新規矩。所以，當變來變去國王穿得漂漂亮亮走出去時，他看見院子裏竟然有一個關着老虎的大鐵籠子。

「喂，你可別把籠子……」

國王的話還沒説完呢，僕人已經眼疾手快地把鐵籠子打開，並飛快地閃到

了一旁。

「嗷嗚——」老虎從籠子裏衝

出來，朝着國王撲了過去。

國王被嚇得魂飛魄散。幸好，旁邊

勇敢的侍衞制服了老虎，才使國王免於

受傷。

變來變去國王發誓，自己再也

不要變來變去了。

不過，國王已經沒有出遊的興致了，他嚇壞了，現在急需一張椅子歇一會兒。

「來人啊，給我搬張椅子——」

這回，來了個聰明的僕人，他給國王搬來了一盆仙人掌！

11

萬物皆有「名」

　　名詞是表示人或事物的名稱的詞，例如青瓜、白菜、拖拉機、電腦等。每個人或事物都有對應的名詞來表示，使用正確的名詞，不僅可以使我們能更準確地表達自己的想法，同時也能幫助我們更具體地描述一個場景或某種情況。

　　名詞按照不同的標準可以分為普通名詞、專有名詞，時間名詞、處所名詞、方位詞，物質名詞、抽象名詞，個體名詞、集合名詞，可數名詞、不可數名詞等。

　　以下是其中一些名詞的舉例。

專有名詞：香港、上海、長城、黃山、白居易等。

時間名詞：上午、現在、去年、星期一、元旦等。

處所名詞：公園、學校、圖書館、餐廳、市區等。

方 位 詞：前面、後邊、東邊、南面、中間等。

抽象名詞：範疇、思想、品質、品德、友誼、方法等。

1. 火眼金睛

下面這首詩中的哪些字詞是名詞呢？請你從中找出 5 個名詞並圈出來吧！

絕句

〔唐〕杜甫

兩個黃鸝鳴翠柳，一行白鷺上青天。
窗含西嶺千秋雪，門泊東吳萬里船。

2. 名詞變色龍

處所名詞是名詞大家族中的變色龍。有時，一個普通名詞在特定的句子裏可以成為處所名詞，即是能放於「在」、「到」、「往」之後，表示地方的名詞。看一看下面這幾組句子，在包含處所名詞的句子後打「✓」吧！

> 我們家有三個房間。
> 我在房間寫作業。

> 這裏是首都北京。
> 我在北京旅遊。

> 附近新開了家超市。
> 媽媽在超市裏買菜。

動作樂園

（知識點：動詞）

　　歡樂城裏新開了一家 動作樂園 ，從裏面飄出來的歡樂歌聲像鈎子一樣，把孩子們全勾過去了。

　　阿寶也好奇地跑去了動作樂園。

這裏不光不收門票 ，聽說還會給孩子們獎勵，每一個從裏面走出來的孩子，都開心極了。

阿寶走了進去。

「歡迎來到動作樂園。」一個機械人 走了過來，「在動作樂園裏，選擇你喜歡的動作，堅持半小時，就可以獲得獎勵 啦。」

阿寶看見一個穿藍色背心的小男孩像小馬一樣 跑個不停 ，他一定是選擇了 跑 這個動作吧。

阿寶還看見一個穿粉紅色裙子的小

女孩像小兔子一樣蹦蹦跳跳，她一定是選擇了**跳**這個動作吧。

　　阿寶又看見一個穿藍色褲子的小男孩像小猴子一樣在攀爬架上爬上爬下，他一定是選擇了**爬**這個動作吧。

　　阿寶還看見一個穿背帶褲的小男孩從地墊的這一邊**翻**到那一邊，又從那一邊翻到這一邊……

　　「選擇自己喜歡的動作就好。」機械人說。

　　「真的嗎？只要選擇一個動作，堅持半小時就能有獎勵？」

　　「是的，這就是動作樂園的唯一規則 。」

阿寶想了想：跑？我跑不動。走？我怕太累。蹦？我不喜歡。跳？我跳不起來。扭來扭去？多傻呀！左搖右晃？太沒勁了……

　　這時候，在地墊上翻筋斗的小男孩已經站起來了，他從機械人手裏得到了一根雲朵棒棒糖，心滿意足地離開了。

　　「我去那邊。」阿寶指了指空出來的地墊說。

　　「好的，你可以打滾，也可以像剛才的小男孩一樣不停地翻筋斗。」

「什麼動作都可以嗎？」阿寶又問了一遍。

「是的，都可以。」機械人篤定地說。

阿寶走過去，往地墊上一**躺**，就一動不動了。地墊軟乎乎的，躺着真舒服呀。

「你這是怎麼啦？不走、不跑、不唱、不跳，就這麼躺着？」機械人覺得很奇怪。

「對呀，我就這麼躺着，**躺**也是一個動作呀。」阿寶笑嘻嘻地說，「難道不是嗎？」

「是倒是……」機械人撓了撓頭。

「那不就得了，半小時後請給我發獎品。」阿寶得意極了，他覺得自己實在是太聰明了，一下子就能想到這麼絕妙的好主意。

「好吧，那你就躺半小時吧。」

半小時之後，阿寶得意洋洋地找機械人要獎品。

機械人揮了揮魔法棒，把阿寶變得圓滾滾的，就像皮球 一樣。

「這是發給不運動的孩子的獎品。」

「啊啊啊⋯⋯」阿寶圓滾滾的，行動不受控制，一不小心，骨碌骨碌滾進泥坑裏。這下子，他可吃盡了不運動的苦頭。

齊齊動起來

動詞是表示人或事物的動作、存在、變化的詞，故事中的跑、跳、爬和翻都是動詞。常見的動詞分為七類：

表示一般的動作行為。如說、走、跑、學習、批評、宣傳、保衞、研究等。

表示存在變化消失。如增加、減少、擴大、縮小、提高、降低、存在、發生、發展、生長、死亡等。

表示心理活動。如佩服、打算、喜歡、害怕、擔心、討厭等，前面往往可以加上「很、十分」等副詞。

表示可能意願。如能、能夠、會、可以、願、願意、肯、應當、配、值得、得等。常常用在動詞的前面，如得到、可以考慮。

表示趨向。如來、去、進、出、上來、上去、下來、下去、過來、過去、進來、出來等。往往用在動詞的後面表示趨向，如跳起來、走下去。

表示使令。如叫、讓、派、請、使、命令、禁止等。

表示判斷。即判斷詞，指「是」這個特殊的動詞。

1. 動起來

圖中的小朋友在玩什麼遊戲呢？請你用動詞把遊戲名稱補充完整，並跟着做一做吧！

 繩　　 鞦韆　　沙子　　步

2. 找一找

請圈出下列成語中的動詞，並試試説出成語的意思吧！

擠眉弄眼　　風馳電掣　　手舞足蹈

張牙舞爪　　抓耳撓腮

健步如飛　　走馬觀花　　動如脱兔

面面相覷　　飛簷走壁

我是小熊毛毛

（知識點：形容詞）

　　小熊毛毛話不多，每次輪到他做自我介紹 時，他總是只說一句：「我是小熊毛毛。」這真是一個**乾巴巴**的自我介紹。

　　小兔朵朵實在聽不下去了，一本正經地對小熊毛毛說：「毛毛，告訴你一個秘訣，自我介紹的時候，你可以挑一點自己喜歡做的事情，或者是得意的事情來說，比如這樣——我是小熊毛毛，唱歌的時候，我是**快樂**的小熊毛毛。」

　　好像這也不太難。小熊毛毛歪着頭想了想說：「我是小熊毛毛，畫畫的時候，我是**認真**的小熊毛毛。」

　　「對呀，這就好多了。」小兔朵朵滿意地點點頭，「你還可以多想想。」

被小兔朵朵這麼一表揚，小熊毛毛心裏**美滋滋**的。當然囉，他也把朵朵的話放在了心上。走到哪兒，他都在做自我介紹呢！

小熊毛毛跨過了一條之前從來不敢跨的水溝。

他在心裏對自己說：我是小熊毛毛，跨過水溝的時候，我是**勇敢**的小熊毛毛。

小熊毛毛不小心摔了一跤，但他咬了咬牙，沒讓眼淚掉下來。

他在心裏對自己說：我是小熊毛毛，

摔跤也不哭，我是**堅強**的小熊毛毛。

小熊毛毛喝了一碗黑米粥，**甜甜**的黑米粥是毛毛的最愛，喝完粥之後，他渾身**暖洋洋**的。

於是，小熊毛毛心滿意足地想：我是小熊毛毛，喝完黑米粥之後，我是**幸福**的小熊毛毛。

這時候，媽媽對毛毛說：「毛毛，看看你的嘴巴。」

毛毛跑到鏡子前，看到自己的嘴變

得**黑乎乎**的，這太好玩了

　　毛毛衝着鏡子裏的自己做了個鬼

臉，**笑嘻嘻**地説：「我是小熊毛毛，

喝完黑米粥之後，我成了**帥氣**的小熊毛毛，看，我現在多帥！」

爸爸教毛毛糊風箏 ，風箏可難糊了，製作骨架用的薄竹片要擺好位置，糨糊要塗得不多不少，風箏線要綁牢……小熊毛毛跟着爸爸一起糊好了風箏。這時候，毛毛想：我是小熊毛毛，我會糊風箏呢，我是**聰明**的小熊毛毛，**能幹**的小熊毛毛，**了不起**的小熊毛毛。

於是，聰明的、能幹的、了不起的

小熊毛毛拿着風箏高高興興地出門了。

在草地上，他遇到了一隻**陌生**的小松鼠。

小熊毛毛清了清嗓子，打算來個豐富多彩的自我介紹：「嘿，我是小熊毛毛……」

誰知道，小松鼠**飛快**地說：「我是松鼠妮妮，我們一起放風箏吧。」

「等等，我還沒有自我介紹呢！」小熊毛毛急了。

「自我介紹就不用啦！我想，我們成為朋友之後，我自然就會了解你啦！」

望着奔跑起來的小松鼠，

小熊毛毛想：她真是一隻**性**

急的小松鼠呀，不過，我喜歡和她

做朋友！

說話精準靠形容

　　形容詞是表示人或事物的形狀、性質，或者動作、行為、變化的狀態的詞。用好形容詞可以讓語言更加生動、形象，表達更加精準，還能讓語言更加具有感染力呢！形容詞有很多，例如：

　　性質形容詞。表示事物屬性和特點，如新、大、快、好、遠、優秀、涼爽、偉大等。能被否定副詞「不」、程度副詞「很」修飾。

　　狀態形容詞。表示事物狀態，如碧綠、冰涼、通紅、白茫茫、黑乎乎、歪歪斜斜、可憐巴巴、灰不溜丟等。不能被否定副詞「不」、程度副詞「很」修飾。

　　除了這兩種形容詞外，還有非謂形容詞等其他類型的形容詞。在以後的學習中，你會與它們見面喲！

1. 詞語連連看

下面的形容詞適合形容什麼東西呢？請與對應的名詞連起來！

潔白的　　高大的　　壯麗的　　安靜的　　整潔的

道路　　　夜晚　　　白楊　　　雪花　　　山河

2. 看圖填詞

請在括號內填入適當的形容詞。

　　這天是小猴子的生日，（　　　　　）的小動物們來到（　　　　　）的森林裏給小猴子慶祝生日。（　　　　　）的天空飄着幾朵（　　　　　）的雲朵，（　　　　　）的樹木下有一大片（　　　　　）的草地。長頸鹿、小兔子、小老虎和小鳥帶來一個（　　　　　）的蛋糕，一起對小猴子説：「祝你生日快樂！」

小布丁去了亂亂國

（知識點：量詞）

有一次，小布丁在飯桌上喊着：

「我要吃一**頭**魚！」惹得大家哈哈大笑，娜娜笑得飯都噴出來了。

「是一**條**魚，不是一頭魚。」娜娜糾正他。

小布丁沒理會娜娜，從那天開始，他就學會了說亂糟糟的話。

「前幾天，我坐一**條**火車去旅行了。」「昨天，我吃了兩**捆**西瓜。」「今天，有三**顆**小鴨子游到了

35

我的面前。」……

　　結果有一天，小布丁在鑽進滑梯圓筒的時候，刺溜一下，滑到了一個奇怪的地方。

　　「歡迎你 ，小布丁，我們亂亂國最適合你。請伸出一**杯**手來，我們握握。」穿黑衣的小人兒這麼一説，小布丁就高高興興地伸出了手，能這麼説話的，肯定是他的朋友呀！

　　「嗯，很高興認識你。」小布丁抓着小人兒的手 ，咧着嘴笑。

　　「我也很高興呀！我叫布拉拉。」

小人兒布拉拉笑瞇瞇地說，「我們的國王要接見你，你得換換衣服 跟我去王宮。」

於是，小布丁跟着小人兒布拉拉，上了一**盤**馬車，馬車穿過了五**筐**大街，來到了一**首**服裝店。

「來，給我們的客人挑一**株**合適的帽子，還有一**架**上衣、一**篇**褲子、一**挺**鞋子、一**艘**領結。」布拉拉對服務員說。

服務員很快為小布丁準備好了合適的衣服，小布丁站在一**幅**鏡子前，覺得

自己帥極了。

「來，跟我去王宮。」布拉拉領着小布丁走向王宮。

國王看上去也很和藹，他笑瞇瞇地對小布丁說：「我代表亂亂國歡迎你，小布丁。來吧，我已經準備好了一**座**宴席。」

侍者牽着小布丁，在一**卷**桌子前坐下，精美的飯菜很快被端來了。

「一**則**玫瑰小米糕。」

「一**聲**肉鬆多士卷。」

「一**頂**蘋果奶香餅。」

「一**輪**百合拌香椿。」

……

「小布丁，快嘗嘗我們這裏的美食。」國王熱情地說。

小布丁開心極了，這裏的飯菜味道鮮美。況且，被國王當成尊貴的客人，那是很了不起的事。

小布丁站起來，對國王說：「尊敬的國王啊，我想為您唱一**首**歌。」

誰知道，國王勃然大怒：「你不配

當我們亂亂國的客人！來人呀，把小布丁給抓起來！」

　這樣的場景嚇得小布丁倉皇而逃，他一下子從夢中驚醒。「原來是一場夢啊，亂亂國也太可怕了，嗚嗚嗚，我再也不亂說話了，我要好好學習**量詞搭配**！」

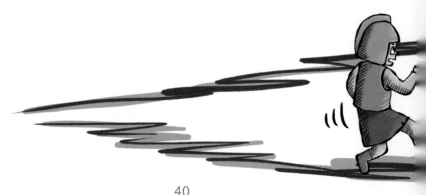

單位的代名詞

　　量詞是表示人、事物或動作的單位的詞，可分為物量詞、動量詞和時量詞。

　　物量詞表示人或事物的單位，又可以分為單位量詞和度量量詞。

- 單位量詞表示事物的單位。如個、張、雙、支、本、架、輛、顆、株等。
- 度量量詞表示事物的度量。如寸、尺、斤、兩、噸、升、立方米等。

　　動量詞表示動作行為的單位。如「去一次」「唸一遍」「哭一場」「走一趟」中的「次」「遍」「場」「趟」等。

　　時量詞表示時間的單位。如年、月、小時等。

1. 量詞小擂台

下面是小布丁說錯了量詞的話，請幫他改正錯誤吧！

1. 一（　　）魚　　　　　2. 一（　　）火車

3. 一（　　）西瓜　　　　4. 三（　　）小鴨子

5. 一（　　）手　　　　　6. 一（　　）馬車

7. 五（　　）大街　　　　8. 一（　　）服裝店

9. 一（　　）帽子　　　　10. 一（　　）上衣

11. 一（　　）褲子　　　　12. 一（　　）鞋子

13. 一（　　）領結　　　　14. 一（　　）鏡子

15. 一（　　）宴席　　　　16. 一（　　）桌子

17. 一（　　）肉鬆多士卷　18. 一（　　）蘋果奶香餅

19. 一（　　）百合拌香椿

2. 古詩中的量詞

請補全下面的詩句，感受一下這些量詞的妙用吧！

• 春種一 ＿＿＿＿ 粟，秋收萬顆子。

• 兩個黃鸝鳴翠柳，一 ＿＿＿＿ 白鷺上青天。

• 春色滿園關不住，一 ＿＿＿＿ 紅杏出牆來。

搶聲音的壞魔女

（知識點：擬聲詞）

「嘰嘰嘰……」小雞 唱着

歌從魔女城堡前走過時，有一個壞魔女

正心煩着呢。

討厭！討厭！討厭！壞魔女揮了揮

魔法棒，把小雞的聲音搶過來，裝進了魔法口袋 。

小雞張了張嘴巴，怎麼也發不出「嘰嘰嘰」的聲音了。

壞魔女怎麼如此心煩呢？原來啊，她正在準備魔法比賽的新魔法呢，而這會兒，她一點靈感都沒有。

耳根子清淨之後，壞魔女突然有了想法：對了，我可以拿走各種動物的聲音，做一枚聲音炸彈。這樣，在魔法比賽中，我一定能得到閃閃發光的金牌。

　　於是，壞魔女騎着掃帚飛了出去。

　　「**喵喵喵**……」小貓在唱歌。拿走！拿走！把牠的聲音拿走！

　　「**汪汪汪**……」小狗在讀書。拿走！拿走！把牠的聲音拿走！

　　「**咩咩咩**……」小羊在背詩。

拿走！拿走！把牠的聲音拿走！

「**哞哞哞……**」小牛在說話。

拿走！拿走！把牠的聲音也拿走！

壞魔女拿到了很多聲音：

唊兒唊兒——馬兒的聲音，

啾啾啾啾——鳥兒的聲音，

嘎嘎嘎嘎——鴨子的聲音，

嗷嗚嗷嗚——老虎的聲音，

……

很快，壞魔女的魔法口袋就脹得鼓鼓的，裏面裝滿了各種各樣的聲音。

被拿走聲音的動物們都很傷心💔。

打招呼的時候，只能揚揚手，再也說不出「你好」。

想又唱又跳的時候，只能身體跳來跳去，再也發不出 **「哩哩哩、啦啦啦」** 的聲音。

想說什麼都得比畫，喊也喊不出聲音，這樣的日子過得真是別扭極了。

於是，動物們組成了一支大部隊，浩浩蕩蕩地朝着壞魔女的城堡走去，想要奪回自己的聲音。

　　大家把壞魔女的城堡圍得如鐵桶一般。可又有什麼用呢？誰也發不出一丁點聲音，既不能大喊大叫，也不能大吵大鬧。壞魔女可不知道外邊發生了什麼，她飛了一天，這會兒正在城堡裏呼呼大睡呢。

這時候，一隻小老鼠　　站了出來，比畫着說牠有辦法。

小老鼠鑽進了壞魔女的城堡，在壞魔女的屋子裏找到了裝滿聲音的魔法口袋。

小老鼠用尖尖的牙齒　　咬呀咬。

轟隆──轟隆──魔法口袋爆炸了，就像一枚聲音炸彈，把壞魔女也送上了天！

動物們趕緊找回了自己的聲音。

「嘰嘰嘰」「喳喳喳」「嘻嘻嘻」「哈哈哈」……

　　大家在壞魔女的城堡裏又唱又跳，
又喊又叫，熱熱鬧鬧地度過了一個晚上
。

見其字如聞其聲

擬聲詞是指模擬事物聲音的詞，又被稱為象聲詞。在漢語裏，擬聲詞只是把漢字當成「音標」符號，用來標示聲音，與漢字的字義是無關的。

常見的擬聲詞按音節可以分為四類：

單音節擬聲詞。如嘩、哇、咚、叭等。

雙音節擬聲詞。分為疊詞與 AB 型詞語，疊詞有嘀嘀、嗒嗒、呱呱、吁吁、簌簌、淙淙、沙沙等。AB 型擬聲詞有呼嚕、哧溜、啪嗒、撲通、叮咚、呼啦、撲哧等。

三音節擬聲詞。分為 AAA 型、AAB 型、ABB 型和 ABA 型幾種，如呼呼呼、嘿嘿嘿、滴滴答、笑哈哈、嘩啦啦、撲通通、轟隆隆、吱咕吱等。

四音節擬聲詞。分為 AAAA 型、AABB 型、ABAB 型、ABCD 型、ABCA 型、ABBB 型幾種，如嗡嗡嗡嗡、滴滴答答、撲通撲通、稀里嘩啦、咚得隆咚、嘩啦啦啦等。

適當運用擬聲詞可以使語言更加生動，使人如聞其聲，如入其境。如魯迅《從百草園到三味書屋》中一段描寫：「到半夜，果然來了，沙沙沙！門外像是風雨聲。」這裏擬聲詞的使用加強了故事神秘的氣氛。

此外，運用擬聲詞還可以形象地描摹人物的心情或情緒，有着非常重要的作用啊！

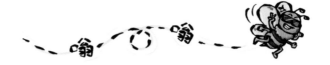

1. 豎起小耳朵

你有沒有聽過下面這些事物發出的聲音呢？快豎起小耳朵，認真聽一聽，並用擬聲詞把它們的聲音記錄下來吧！

1. 汽車喇叭（　　　　）　　2. 豆莢炸開　（　　　　）

3. 鴿子（　　　　）　　　　4. 烏鴉叫　（　　　　）

5. 風吹樹葉（　　　　）　　6. 早上小鳥起牀（　　　　）

2. 生活用心聽

請選擇恰當的詞語填到文中的橫線上。

呼呼　　啪啪　　嘎嘎　　轟隆　　呱呱

風 ＿＿＿＿＿ 地刮着，天空布滿了烏雲，＿＿＿＿＿ 一聲，天空響了一個炸雷。緊接着，豆大的雨點從天上落下來，打在湖面上，發出了 ＿＿＿＿＿ 的響聲。這時候，鴨子 ＿＿＿＿＿ 叫着，青蛙也 ＿＿＿＿＿ 叫着。

木木小姐的寶貝袋

（知識點：語氣詞）

　　木木小姐人很好，就是性格有點呆板，尤其是她說話的時候，語氣就像一塊被打磨過的平平整整的木頭 。

　　大家對木木小姐都很客氣，但始終

和她親近不起來。這也令木木小姐很苦惱。

有一天，木木小姐經常餵食的小貓給她叼來了一個小布袋  。

袋子鼓鼓囊囊的，裏面會是什麼呢？木木小姐伸手一摸，布袋裏好像什麼都沒有：「咦，這是個空袋子嗎？」

要是換了平常，木木小姐會說：

「什麼都沒有咦。」現在多了個「咦」字，說話的語氣好像變得不一樣了。

木木小姐注意到了自己的變化，這種變化應該是小布袋引起的效果吧？木木小姐又伸手一摸，對小貓說：「**哈哈**，謝謝你**啦**，小黑！」

沒錯，木木小姐以前也會說謝謝，但她絕不會加上「哈哈」，這樣一說，平平淡淡的語氣立馬就變得不一樣了呀！木木小姐知道，小黑送她的是一個了不起👍的寶貝袋。

木木小姐揣着寶貝袋出了門。

見到羅羅先生時，木木小姐伸手摸了摸寶貝袋，微笑着對他說：「嘿，羅羅先生，早上好！」

羅羅先生有點吃驚，因為木木小姐以前總是這麼問候：「羅羅先生好。」顯然，今天的木木小姐要活潑多了呀！

羅羅先生也笑了笑：「嘿，早上好！」

木木小姐往前走，拐過街角時，遇到了暖暖小姐。

「喲，是暖暖小姐呀，這麼早就晨練回來了？」木木小姐大聲地跟她打招呼。

要是擱在平時，木木小姐只會說：「暖暖小姐晨練回來了。」現在，加上「喲」字，說話方式變得可愛多了。

暖暖小姐也很吃驚，覺得木木小姐跟她親近了不少，於是，她也笑嘻嘻地說：「木木小姐，見到你真高興啊！」

木木小姐開心極了，有了這個寶貝袋，簡直太好了！

當她見到莎莉太太時，她是這麼說

的：「**啊哈**，莎莉太太，我們又見面了！」

　　莎莉太太自從認識木木小姐，還從來沒聽 **3** 她說過「啊哈」兩個字，今天的木木小姐真是神采飛揚啊！於是，她張開雙臂，給了她一個熱情的擁抱 。

木木小姐開心得掉眼淚了：
「噢！噢！噢！真沒想到，如今我會變得這麼討人喜歡！」

可是，當她想再次摸摸寶貝袋時，她突然驚叫起來：「哎呀，我的寶貝袋呢？」不知道什麼時候，寶貝袋消失了！

大家聽了木木小姐的話，都為她感到遺憾。

只有羅羅先生說：「這也沒什麼呀，木木小姐現在說話跟以前已經不一樣了，剛剛在沒有寶貝袋的情況下，她

還說了『哎呀』呢。」

　　沒錯！木木小姐又高興地喊起來：
「還好還好，寶貝袋沒了，寶貝還在
呢！」

表達情感的好幫手

　　語氣詞是表示語氣的虛詞，能夠增加原句的感情色彩，加強句子語氣，表示停頓，更好地表達人物感情。常用在句尾或句中停頓處，表示種種語氣。現代漢語常用**的、了、呢、麼、吧、嗎、啊**表示語氣。其他一些詞，有的在實際語言中用得較少，有的是因為語氣詞連用而產生連讀合音的結果，例如「啦」是「了啊」的合音。

　　語氣詞一般都放在句末，有時也放在句中。有的表示語氣停頓，有的表示列舉，等等。如：

- 我呢，一直就是不贊成。
- 你這個人啊，什麼都好，就是性子太急。
- 譬如喝茶吧，他最講究。
- 他愛好體育，排球啊，籃球啊，乒乓球啊，都喜歡。

1. 填一填

請選擇合適的語氣詞，把相應的序號填入下列句子中。

1. 明天休息，我想去爬山，你 _____ ？

2. 下個周末我們要出去郊遊 _____ ？

3. 我的體育成績終於是優秀 _____ ！

4. 這裏的風景好美 _____ ！

5. 妹妹撒嬌地説：「爸爸，你就帶我和姊姊出去玩
   一會兒 _____ ！」

2. 選一選

下列句子應該用怎樣的語氣來讀呢？請把你認為合適
的語氣圈出來。

1. 人們都責怪風娃娃，風娃娃
   心想：我幫人們做好事，為   高興　激動　傷心
   什麼他們還責怪我呢？

2. 黃山的風景簡直太漂亮了！   傷心　激動　難過

3. 先生見了，連聲説：「好！
   好！曹沖真是太聰明了！」   激動　讚賞　感歎

魔法顛倒貼

（知識點：顛倒詞）

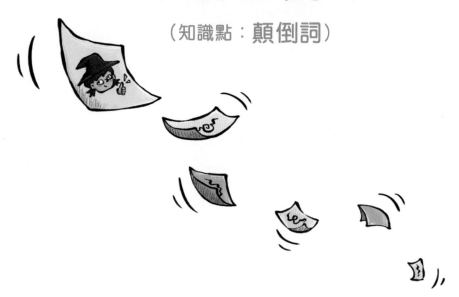

　　一天，小魔女拿着一疊花花綠綠的

貼紙跑出來，眼睛裏閃着光，高興極了：

「顛倒貼紙，顛倒貼紙，超有趣的

顛倒貼紙！誰要玩顛倒貼紙呀？」

小兔第一個蹦過來：「什麼是顛倒貼紙呀？怎麼玩呀？」

「把貼紙貼在身上，說出來的詞就會自動顛倒過來。」小魔女說着，拿了一張貼紙，貼在了自己的額頭上，「風扇！」

呼呼呼——

四周吹來了涼涼的風。

小魔女取下貼紙：「怎麼樣，看到了吧？我說『**風扇**』，就變成了『**扇風**』，周圍還會有風吹來。」

「哇，這真是太神奇了！」

小貓 🐱 跑過來，要了一張顛倒貼紙。

　　「有了這張神奇的貼紙，我想吃魚 🐟 的時候就更方便了。」

　　這時候，豬小弟 🐷 也湊了過來，聽到小貓這麼說，他覺得有點奇怪：「怎麼方便了呀？說『魚吃』？這好像不是一個詞吧？」

　　「哈哈，不對不對！我說『**魚片**』，就會變成『**片魚**』，自動片魚，你說，我以後吃魚是不是變得很方便？」

那確實很方便，豬小弟點點頭。

這時候，小狗 也跑過來了，跟小魔女要了一張顛倒貼紙。

「你拿貼紙幹什麼呢？」豬小弟好奇地問。

「有了它，我就不怕啃骨頭 塞牙了。」小狗樂呵呵地說。

為什麼呢？豬小弟還是不明白：「難道你想說『不牙塞』『牙不塞』，或者『塞不牙』？」

看到豬小弟奇怪的樣子，小狗哈哈笑著說：「你說的都不對，我其實是想

貼上之後說『牙刷』，這樣不就變成『刷牙』了嗎？自動刷牙，多爽啊！」

小狗可真聰明！

豬小弟正想伸伸手，也跟小魔女要一張顛倒貼紙，一隻小熊急匆匆地跑了過來。

「小魔女，請給我一張顛倒貼紙！」小熊焦急地說，「有了它，我要是喊『蜜蜂』，是不是會有『蜂蜜』出現在我面前？」

小熊也很聰明呢！豬小弟想，甜甜

的蜂蜜，我也

喜歡呀。

「拿好了，記得別説

成『蜂蜜』。」小魔女擠

了擠眼睛，「周圍變出

蜜蜂可有你好受的。」

終於，豬小弟也要到了一張顛倒貼

紙，他把它貼到了額頭 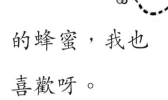 上。

豬小弟去找豬小妹，想在她面前炫

耀一下。

一路上，他已經想好了要説什麼。

等見到豬小妹，他一説「**筆畫**」，就

會出現畫筆  ，一說「**奶牛**」，就會出現牛奶 ，一說「**火焰**」，就會出現焰火 ，她一定會很吃驚吧？

　　終於看到豬小妹了，豬小弟還沒來得及說話，就被豬小妹熱情地拉到了一邊。

「嘿，豬小弟呀，要不要聽故事？」豬小妹一見到豬小弟，就興沖沖地揚起了手中的故事書。

「**故事**？」

「嘭！」一個足球飛過來，不偏不倚，正好砸中豬小弟的額頭。

哎呀，我幹嘛要說什麼「故事」呀，貼着顛倒貼紙，「故事」就變成一場「**事故**」了，真是飛來橫禍！

顛三倒四大不同

　　漢字非常有趣，有的漢字組合起來，順着讀是詞語，倒着讀又是一個新詞語。人們把這樣的詞語叫作顛倒詞。舉例來說，「刷牙」倒過來就是「牙刷」。這樣的詞語，在漢語中還有很多，生活中也經常會遇到。如「喜歡—歡喜、累積—積累、互相—相互、代替—替代」等等。

　　有的詞語顛倒過來之後，**意思仍然和原詞語相近或相關**，如「蜜蜂—蜂蜜、黃金—金黃、報喜—喜報、奶牛—牛奶」等等。

　　有的詞語顛倒過來之後，**意思和原詞語相差很大**，如「故事—事故、帶領—領帶、海上—上海、氣節—節氣、計算—算計、發揮—揮發」等等。

　　還有一種更有趣的顛倒詞，這些詞語顛倒過來，正好可以**表示原詞語的用途**，如「門鎖—鎖門、牙刷—刷牙、淋罩—罩淋、水車—車水、風扇—扇風」等等。

　　顛倒詞很有趣，在學習和生活中也可以體會啊！

1. 讀一讀，想一想

中國通俗文學裏有一種別有意趣的顛倒歌，採用「故錯」的手法，偏把事物往反了說，讓人跟着兒歌放飛想像力。顛倒歌流傳有許多版本，讀一讀下面這首顛倒歌，感受一下它的魅力吧！

顛倒歌

太陽西起往東落，聽我唱個顛倒歌。

天上打雷沒有響，地上石頭滾上坡。

江裏駱駝會下蛋，山上鯉魚搭成窩。

冬天苦熱直流汗，夏天爆冷打哆嗦。

姐在房中頭梳手，門外口袋把驢馱。

2. 詞語會顛倒

請把下面的詞語顛倒過來讀一讀，
說一說，它們的意思還一樣嗎？

牛奶真好喝！

蜜蜂 ——— 蜂蜜

奶牛 ——— 牛奶

球拍 ——— 拍球

牙刷 ——— 刷牙

風扇 ——— 扇風

兮兮屋

（知識點：疊詞）

　　小樹林深處，人跡罕至。有一天，這裏多了一間神奇的蘑菇小屋，但似乎也並沒有人住在這裏。

　　「兮兮*屋。」小猴子發現門上

---

* 兮，xī，粵音奚（奚落）。助詞，用於句中或句末，相當於「啊」，多用於表達感歎、讚歎、肯定的語氣。

74

寫着三個大字，「這是個什麼奇怪的地方？」好奇心勾着小猴子往屋裏鑽。

門一推就開了。

小猴子一進門，發現牆上竟然長着幾棵桃樹，每一棵桃樹上都掛滿了**香噴噴**的水蜜桃。

「哇，太誘人了！」小猴子一下就躥上了樹，摘下一個大桃子啃了起來，「哎喲，好苦！好苦！」再摘一個，還是苦的。摘了一個又一個，每一個桃子都是**苦兮兮**的。小猴子想：這個兮兮屋，原來是讓東西變得苦兮兮的，不

好玩，這裏一點都不好玩！

　　沒過多久，小豬也發現了ㄅㄆ屋。

　　進去看看吧！小豬這麼想着，就跨進了門。**空蕩蕩**的小屋裏，立刻出現了一張小桌子，桌子上擺滿了各種好吃的。

　　小豬伸出剛玩過泥巴的手去拿小餅乾，哎呀，餅乾變成了泥巴！去拿蛋糕，哎呀，蛋糕變成了泥團！去端果汁，哎呀，果汁變成了泥漿，濺了小豬一臉！

　　什麼都變得**髒ㄅㄅ**的，沒有一樣食物能填飽肚子！這個ㄅㄆ屋呀，應該

改叫髒ㄋㄋ小屋。小豬不高興地想着，噘着嘴巴 🠒 走了。

　　小熊也發現了ㄋㄋ屋，小熊咚的一聲推開門，闖了進去。

　　屋子裏立刻飄出了濃濃的 蜂蜜香。有蜂蜜？小熊立刻翻箱倒櫃地找了起來。

　　沒有！沒有！沒有！

　　呼——從一個碗櫥裏飛出一羣蜜蜂！哎喲喲，叮得小熊滿頭是包！

　　慘ㄋㄋ的小熊飛快地跑出了ㄋㄋ屋。

「那個ㄅㄆ屋，非常古怪，你可千萬別進去！」小熊對迎面而來的小兔發出了警告。

「是嗎？」可小兔也想進去看看。

　　小兔站在門口，思前想後，還是輕輕地敲了三下門，門吱呀一聲就開了。

　　空蕩蕩的屋子裏，立刻出現了一大片蘿蔔地，**綠油油**的蘿蔔葉長得真精神呀。小兔樂壞了：「我不知道這是誰的蘿蔔地，可我喜歡蘿蔔，我想為蘿蔔們唱一首歌！」

　　「白蘿蔔，紅蘿蔔，個個都是**水靈靈**。你也愛，我也愛，我們都愛大蘿蔔！」

　　哇！立刻有兩個大蘿蔔從地裏跳進了小兔的懷裏。

　　小兔開心極了，對着蘿蔔地鞠了一躬，說：「謝謝啦！」

　　於是，從兮兮屋裏走出來的，不是神經兮兮的小兔，也不是可憐兮兮的小兔，而是一隻**笑兮兮**的小兔！

層層疊疊變化多

疊詞是漢語的一種特殊的詞彙現象，使用非常普遍。漢語的**名詞、數詞、量詞、形容詞、動詞以及擬聲詞**都有重疊變化，如黃澄澄、綠油油、沉甸甸、乾巴巴、惡狠狠等。

不僅詞語，有很多**成語**也是由疊詞構成的，如心心念念、口口聲聲、嗷嗷待哺、楚楚可憐、默默無聞、日復一日、不卑不亢、無憂無慮等等。

疊詞在**詩詞**中也發揮着重要的作用，李清照的《聲聲慢》的開頭連用了七組疊字：「尋尋覓覓，冷冷清清，淒淒慘慘戚戚」，就是疊詞的一種妙用。

詩中疊詞運用得恰到好處，可以使所描繪的自然景色或人物特徵更加形象。例如「青青河畔草，鬱鬱園中柳」，用「青青」和「鬱鬱」描繪出春天草木茂盛、生機勃勃的景象。

疊詞具有摹聲、摹色的表達效果，可以使表達的意象更加生動，比如「無邊落木蕭蕭下」用「蕭蕭」來描繪落葉飄落的聲音。

善於運用疊詞還能使詩詞更具有節奏感和韻律感，比如「山山白鷺滿，澗澗白猿吟」中疊詞的使用使得詩句更加明快。

除此之外，疊詞還可以用來描繪音樂，例如白居易《琵琶行》中的詩句「大弦嘈嘈如急雨，小弦切切如私語」將樂聲的強弱、快慢表達得十分具體。

1. 疊詞選一選

請選擇適合的疊詞填入空格，注意每個詞語只能使用一次喔！

茫茫　　隆隆　　熊熊　　閃閃

- 在無邊的曠野上，在凜冽的天宇下，（　　　　　）地旋轉升騰着的是雨的精魂……

- 我這（　　　　　）地燃燒着的生命，我這快要使我全身炸裂的怒火，難道就不能迸射出光明了嗎？

- 我要和着你，和着你的聲音，和着那（　　　　　）的大海，一同跳進那沒有邊際的沒有限制的自由裏去！

- 雷聲（　　　　　）閃似劍，為我鳴鑼開道；一道彩虹掛青天，宣告我行程終了。

2. 補全疊詞

請按照提示完成這些疊詞或由疊詞構成的詞語。

綠□□　　　　　□□虎虎

　□山□海　　　　□作□受

　□不勝□　　　　應□盡□

83

送祝福的小精靈

（知識點：祝詞）

阿福是一個給人送祝福的小精靈。在棕熊大叔西餐廳的開業典禮上，阿福送上了「**財源滾滾，日進斗金**」的祝福，這可把棕

熊大叔開心壞了，非要留他在這裏品嘗新菜品。

實在是盛情難卻，阿福只能留在這裏吃吃喝喝。阿福吃了好多東西，他太撐了，肚子 都脹得鼓鼓的，他艱難地挪着腳步，說：「棕熊大叔，我還得給別人送祝福呢，我得走了。」

剛走出棕熊大叔的西餐廳，小精靈阿福就難受得想拉肚子，可稻田旁的牛大叔實在等不及了，他在稻田裏插滿了秧苗 ，需要得到祝福。

阿福飛到牛大叔家，着急忙慌地從

口袋裏掏出一條祝福語 　　　，送給牛大叔。

「親愛的牛大叔，我先告辭　　　了。」小精靈阿福還得去給白馬先生送祝福呢，白馬先生昨天剛剛榮升為郵政局 　　 的局長。

阿福飛快地把祝福也送給了白馬先生，被提升當然也是一件值得慶賀　　　的事情。

可是，粗心的阿福不知道，牛大叔得到的祝福語是「**步步高升**」，而白馬先生得到的祝福語是「**五穀豐**

登」。

「嘿，什麼呀？我只想老老實實地種地，還高升什麼呢？」牛大叔嘀咕着。可是，小精靈的祝福魔法已經生效了，牛大叔不得不扛着鋤頭  一步一步地

走向山頂，他得去山頂種塊地才行。唉，山頂上的地 可不如山腳下的肥沃，這還真是讓牛大叔吃盡了苦頭。

白馬先生呢，收到「五谷豐登」的祝福之後，屋前屋後的雜草 長得可茂盛了！

我們再回過頭來，說說小精靈阿福送祝福的事。阿福着急上廁所 ，又不得不先去把祝福送完。所以，在送完了牛大叔和白馬先生的祝福後，又把「**一帆風順**」的祝福送給了病中的灰兔奶奶，把「**獨佔鰲頭**」的祝福送

給了過壽辰的山羊爺爺，把「**福如東海，壽比南山**」的祝福送給了參加考試的小鹿哥哥……

阿福送完祝福後，匆匆忙忙地飛回家上廁所。在棕熊大叔的西餐廳實在是吃了太多東西 ，上完廁所之後，他才感到好受一些。

 等阿福再次出門時，他發現森林裏亂套了。

灰兔奶奶收到「一帆風順」的祝福後，不顧病體強撐着出了門，她病得更屬害了！

山羊爺爺呢，到處爭強好勝，事事要當第一名 ☝ ，鬧着要辦世界上最大的壽宴！

　　小鹿哥哥就更不用提了，他收到祝福後竟然變成了鹿爺爺 〰 ⋯⋯

　　天哪！小精靈阿福趕緊收回了那些

祝福，重新祝大家**健康平安、吉祥如意、事事順心**。

　　當然啦，小精靈也收到了大家的祝福，大家都希望他**頭腦清醒、辦事利索**，再也不要出岔子！

各式各樣的祝福

　　祝詞，指在各種喜慶場合中對人對事表示祝賀的言辭或文章，一般表示一種祝願和希望。祝詞根據不同的情況可以分為以下幾類：

　　事業祝詞。這是常用的一種祝詞，多用於祝賀活動開幕、工程竣工、剪綵、新年伊始，以及社團、機構、報刊創辦或節日、紀念日等。

　　壽誕祝詞。壽誕祝詞的對象主要是老年人。祝詞的主要內容，一是慶祝、祝願某人幸福、健康、長壽，二是讚頌其品性、功德。

　　祝婚詞。一般是祝願新婚夫婦幸福美滿。

　　祝酒詞。用於宴會、酒會上，傳達祝酒者美好的願望，在現代社會已發展成為一種招待賓客的禮儀。客人初到，設宴洗塵，宴會伊始，主人和客人都要致祝酒詞。酒並不是祝願的對象，而是人們交往中的一種媒介，一種祝願形式。

1. 爺爺的生日會

爺爺八十大壽的這天，爸爸媽媽為爺爺準備了一個大蛋糕，小明和小麗想要送給爺爺一句祝福，下面哪句祝福語適合呢？請在序號後打「✓」。

① (　　　　) 爺爺，祝您福如東海長流水，壽比南山不老松。

② (　　　　) 爺爺，祝您越長越帥，身體康健行如風，越活越年輕！

③ (　　　　) 爺爺，祝您人生輝煌待創造，學成歸來成英豪。願您前程似錦更美好！

④ (　　　　) 爺爺，祝您和奶奶百年好合，身體健康，天天好心情。

2. 連連看

下面這些祝福語應該在哪些場合使用呢？快用直線把祝詞和對應的意思連起來吧。

喜結連理，永結同心　　　　　　　新春祝福

福如東海，壽比南山　　　　　　　事業祝福

喜迎四面客，笑納八方財　　　　　新婚祝福

前途無量，夢想成真　　　　　　　壽辰祝福

福星高照，福滿家門　　　　　　　開業祝福

我對你有多重要

（知識點：詞的比喻義）

　　一個周末，獅子爸爸正坐在院子裏，給小女兒妮妮講故事 📖 。

　　突然，電話丁零零地響了起來。

　　「喂⋯⋯我知道了，你去找老鼠咔嚓嚓先生吧，他是我安插在作惡多端的

老虎先生身邊的 **耳目** 。」獅子爸爸拿起電話講了起來。

「耳目是指耳朵和眼睛嗎？爸爸，老鼠先生怎麼成了你的耳朵和眼睛了？」小獅子妮妮好奇地問道。

「老鼠先生幫我收集情報 ，就像我的耳朵和眼睛一樣重要。」獅子爸爸拿起書，繼續給妮妮講故事，「小公主呀，長得比玫瑰花 還要美……」

這時候，電話又響了起來。獅子爸爸說了一聲抱歉，拿起電話。

「喂……我知道了，這件事啊，請找白馬咔嗒嗒先生，他是我的**臂膀**。」

當獅子爸爸放下電話時，妮妮好奇地問：「臂膀又是什麼呢？」

「白馬先生很能幹，是我的得力助手，他呀，就像我的手臂 一樣重

要！」

妮妮明白了，繼續依偎着爸爸聽他講故事。

不過，獅子爸爸實在是太忙了，故事沒講幾句，電話又響了起來。

「喂，我是獅子！哦，您好，您好！這事啊，我立刻安排棕熊先生去辦，您知道，棕熊先生非常可靠，是我的**心腹**！您放心好了……」

「心腹又是什麼？」妮妮仰起小臉問。

「心腹啊，是指我特別信得過的

人，能夠把心裏的秘密  都分享出來
的人！棕熊先生對我來說，就是這樣的
人。」

　　獅子爸爸耐心地說着，但妮妮卻嘟
起了嘴巴了。

「寶貝，怎麼生氣了？」獅子爸爸有點緊張。

「別人對你都那麼重要！，我對你呢，有多重要？」小獅子妮妮委屈地問。

「妮妮，你是爸爸的**小心肝**，你像我的心和肝一樣重要，離開了心和

肝，誰也活不了！」

　　妮妮這才高興起來，沒錯，她是爸爸的小心肝。

　　「爸爸！」妮妮使勁在爸爸臉上親了一下，鄭重地說：「您對我也非常非常重要，就像天空中的太陽一樣重要，就像清晨的鳥叫一樣重要，就像風兒送來的花香一樣重要，就像我每天抱着的布娃娃一樣重要……」

獅子爸爸笑了，他關掉了電話，專心地給妮妮講起故事來。沒錯，現在，再沒有什麼事比陪伴妮妮更重要！

一個詞語多重意義

在漢語裏，很多詞語都有多重意思，有的詞語不僅有本義，還有比喻義。什麼是詞語的比喻義呢？想要了解比喻義就要先知道什麼是詞的本義。**詞的本義**指的是詞最初的、最基本的意義。那**詞的比喻義**就是用這個詞的本義去比喻另一個事物而產生的新的、比較固定的意義。

比如「尾巴」一詞的本義指的是「動物身體末端突出的部分」，但在下面這兩個句子中的「尾巴」卻產生了比喻義。

（1）當天的作業要當天完成，不能留尾巴。

（2）小亮被人跟蹤了，他拐了幾條街，甩掉了尾巴。

在第（1）句裏，「尾巴」指「殘留部分」；在第（2）句裏，「尾巴」指「跟蹤或尾隨別人的人」。

我們可以通過這些例子更好地理解詞的比喻義。例如，「鼓」是一種樂器，形圓而中空，本義是名詞。但生活中，我們也常常用它「凸起、脹大」的意義來進行組詞，如「鼓出來」「鼓起來」。再例如，五官中的「眉目」還可以指「頭緒」，植物的「荊棘」還可以用來比喻困難險阻，「機械」還可以用來比喻死板等。這都是詞語的比喻義。

1. 人體名稱辨一辨

你知道嗎？有些人體名稱也有着巧妙的比喻義，恰當地運用它們，能使意思表達得更加形象而生動。以下人體名稱可以用在哪裏呢？請把正確的序號填在括弧內。

①胃口　　②心肝　　③眉目　　④手心　　⑤骨幹

　　小明是班裏的文藝（　　），馬上就要進行文藝會演了，但他最近（　　）特別不好，吃不下東西。爸媽帶他去醫院檢查，醫生也沒什麼（　　）。祖母來到家裏，看着消瘦的小明，傷心地説：「我的小（　　）喲，祖母天天把你捧在（　　）裏，看你瘦了，祖母比你還難受呢！」原來呀，是小明壓力太大了，會演結束，小明又恢復了食慾，家裏人別提多高興了。

2. 成語連連看

成語是漢語中的一種獨特的表達方式，大多由四個漢字組成。它們高度簡練且形式固定，但通常能形象地表達深刻的含義。請找出成語和它對應的比喻義，連一連，讀一讀吧！

如履薄冰　　　　恩情非常深厚

恩重如山　　　　強而有力的人得到幫助變得更強更有力

如虎添翼　　　　做事非常謹小慎微，存有戒心

光陰似箭　　　　時間過得非常快

小木偶的木頭心

（知識點：形容開心的詞）

　　小木偶的心是一顆木頭心，在胸腔裏安安靜靜地待着，也不跳動，就像一顆沒有發芽的種子。

　　小木偶會走、會跑、會跳，可他不會哭也不會笑。

「這都是因為你有一顆木頭心。」小魔女對他說，「戴着這棵幸運草🍀，去結交更多的朋友吧，你總有一天會擁有一顆柔軟的心💜。」

小木偶把幸運草別在耳朵上，出發了。

他在河岸邊遇到了一隻兔子🐰。

我去和兔子交朋友吧。小木偶心裏想着，走了過去，禮貌地打了一聲招呼👋：「早啊，小兔子，你真好看！」

「謝謝你，小木偶。」小兔子張嘴笑了起來😃。

105

看着小兔子的笑容，小木偶説：「我覺得自己很**開心**！」他的聲音都變得有些歡快了。

「有多開心？」

「就像有春風吹在我的臉上一樣。」

「我懂那種感覺，那是一種舒服、愉快的感覺。」小兔子點點頭，「叫作**春風拂面**。」

「我在尋找一顆柔軟的心，你能幫幫我嗎？」小木偶繼續説。

「我幫不了你，也許 *貛爺爺知道

* 貛，huān，粵音歡。

該如何幫你。」小兔子說。

於是，小木偶往獾爺爺家 的方向走去。

獾爺爺正在整理他的小花園，火辣辣的太陽曬得他汗流浹背。

「獾爺爺，我來幫您！」小木偶走上前去，幫着獾爺爺挪動最沉的大花盆。

當小木偶成功地把花盆挪開後，獾爺爺拍着小木偶的肩膀說：「真是個好孩子！」

小木偶認真地說：「獾爺爺，我覺

得自己很**開心**。」

「有多開心？」

小木偶看着滿園的花 ，說了一句詩一樣的話：「就像心裏的花兒全開了！」

「那是真的開心，這叫作**心花怒放**！」

「可我還是笑不出來，證明我還沒有找到一顆柔軟的心。」

「你去問問熊婆婆吧，熊婆婆知道許多別人不知道的秘密。」

小木偶去了熊婆婆 家。

「進來。」從屋裏傳來了一把虛弱的聲音，原來，熊婆婆生病了。

「幸運草！」小熊寶寶一見到小木偶，就開心地叫了起來，「小木偶給我們送來了幸運草。婆婆有救了！」

109

幸運草？小木偶愣了一下，幸運草是小魔女送給他的，沒有了幸運草，他還怎麼找到一顆柔軟的心呢？

　　不過，看着躺在牀上的熊婆婆，小木偶還是把幸運草摘了下來，送給熊婆婆治病。

「我再也找不到一顆柔軟的心了。」小木偶悲傷極了，大滴的眼淚落了下來。

「小木偶，你已經有了一顆柔軟的心了呀！你會哭了！」小喜鵲飛過來，嘰嘰喳喳地向他道喜。

「真的嗎？」小木偶跳了起來，「我現在好開心，好開心，**就像有小鳥在心裏撲棱棱地飛！**」

「那叫**歡呼雀躍**！」

「嗯，這確實是很開心、很開心的感覺呢。」

不同程度的開心

　　故事中的小木偶在幸運草的幫助下變得越來越開心。剛開始，他感覺到「春風拂面」，這時的小木偶是愉快、舒服的。然後他感覺到「心花怒放」和「歡呼雀躍」，此時的他更加開心。故事裏的這些詞都是表示開心的詞語，**從詞語的變化就可以看出小木偶開心程度的變化**。在感到開心時，我們可以使用很多詞語來表示這樣的心情，例如欣喜若狂、喜出望外、眉飛色舞、手舞足蹈等。在生活中，善於使用豐富的詞語表達開心的情感，可以讓你的語言更加生動、形象，將你的開心程度描述得更加準確，層次更加分明。

　　下面是一些形容開心的詞語：

- 歡樂、微笑、高興、嬉笑、歡喜、盡情……
- 甜蜜蜜、笑瞇瞇、喜洋洋、美滋滋、樂呵呵……
- 滿面春風、眉開眼笑、樂以忘憂、喜不自勝、笑顏逐開……

詞語分類

下面的詞語寶寶有的看起來開心，有的看起來不開心，請你將這些詞語寶寶分類，分別放入不同的搖籃裏。

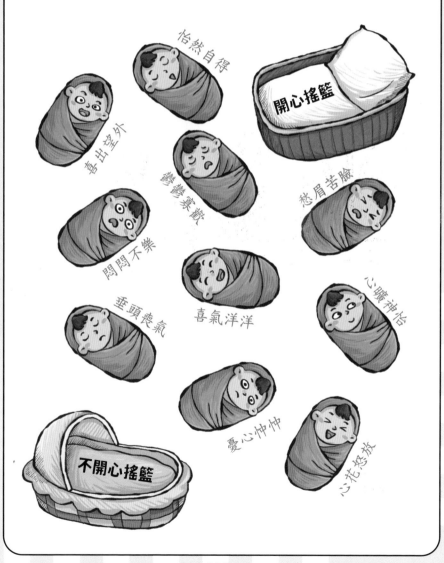

113

三隻小老鼠

（知識點：不同詞表達相同意思）

　　鼠媽媽有三個孩子，名字分別是鼠一一、鼠二二和鼠三三。

　　這一天，鼠媽媽帶着三個孩子去爬山 。鼠媽媽喜歡一邊走，一邊問小

老鼠們問題，考一考他們。

　　走過一片小麥地，鼠媽媽指了指地裏的麥苗，問三個孩子。

　　「你們說說，這麥苗怎麼樣呀？」

　　鼠一一回答：「**綠**！」

　　鼠二二回答：「**真綠**！」

　　鼠三三想了想，回答道：「**綠油油**！」

「我的小寶貝最棒了！綠油油這個詞用得好，麥苗綠得發亮，就像上了油一樣，多好呀！」鼠媽媽聽到鼠三三的回答，眉開眼笑，伸手給了鼠三三一根棒棒糖 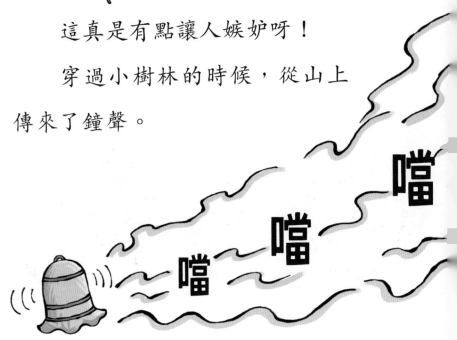 作為獎勵。

這真是有點讓人嫉妒呀！

穿過小樹林的時候，從山上傳來了鐘聲。

噹 噹 噹

鼠媽媽聽到鐘聲，又有了新的問題：「寶寶們，鐘聲是怎麼樣的呀？」

鼠一一趕緊說：「**響**！」

鼠二二回答道：「**真響**！」

鼠三三想了想，說：「**噹噹響**！」

「噢，我的小寶貝最棒了！噹噹響這個詞用得好 ，噹噹響，一聽就明白聲音有多大。」鼠媽媽又伸手給了鼠三三一根棒棒糖 。

這真是太令人羨慕了！

鼠媽媽領着三個孩子，終於登上了

山頂。山風 呼呼地吹着，好涼快呀！

「寶寶們，你們開不開心？」

鼠一一説：「**開心！**」

鼠二二説：「**真開心！**」

鼠三三説：「**開開心心！**」

「噢，我的小寶貝最棒了！開開心心這個詞用得不錯，比開心還多了一次開心！」鼠媽媽又給了鼠三三一根棒棒糖 。

鼠一一很生氣：「媽媽太偏心了，我要**收拾收拾**鼠三三！」

鼠二二也很生氣：「媽媽太偏心了，我要**修理修理**鼠三三！」

鼠一一偷偷地跟鼠二二咬耳朵：「要不我們叫鼠三三來賽跑，我偷偷地絆他一下？」

「好，就這麼辦！」鼠二二也被嫉妒沖昏了頭腦。

這時候，鼠三三主動走了過來，手裏舉着三根棒棒糖。

「鼠一一，給你一根，鼠二二，給你一根，我自己留一根。」他把棒棒糖分給了兩個哥哥，自己也留了一根，「我

們一起吃吧！」

「**甜**！」鼠一一笑了。

「**真甜**！」鼠二二也笑了。

「**甜蜜蜜**！」鼠三三一邊舔着棒棒糖，一邊大聲說。

選詞不同語氣不同

　　在漢語中，有很多不同的詞語可以表達相同的意思，我們可以根據不同的語境和感情色彩選擇不同的詞語。舉個例子，家父、令尊、父親、爸爸和老爹都是指父親，但是**語氣色彩**和**感情強烈**程度各不相同，並且**使用環境**也不相同。家父、令尊和父親比較書面化，一般家父是稱自己父親時使用的，令尊是尊稱他人的父親時使用的，古代人們交流時多使用這兩個詞，而父親則是現代人交流時使用比較多的書面用語。爸爸、老爹則比較親切，非常生活化，也更加適合口頭表達。因此，使用不同的詞表達相同的意思，可以更好地表達說話人的語氣、心情和語境，也能讓人更容易理解說話人的意思。

　　在日常寫作中，善於運用不同的詞表達大致相同的意思，也可以避免用詞的重複和單調，使語言更加生動、豐富。

1. 詞語大觀園

下面的紅字有什麼意思呢？請你猜一猜。

1. 有名的老舖都要掛出幾百盞燈來，有的一律是玻璃的，有的清一色是牛角的，有的都是紗燈，有的通通彩繪《紅樓夢》或《水滸傳》故事⋯⋯ 各形各色，好看極了。

2. 全校運動會上，大山在短跑比賽中勇奪第一，志傑在跳高比賽中喜獲金牌，思雨在跳遠比賽中摘得桂冠，寧寧在游泳比賽中拔得頭籌。

第一句中紅色的詞語都有 _____ 的意思，第二句中紅色的詞語都有 _____ 的意思。

2. 詞語小偵探

請找出下列句子中表達意思相同的詞語，並圈出來。

- 他每周都要去超市拎一袋泡麵回來。
- 媽媽提着籃子去買菜。

- 小男孩目不轉睛地盯着眼前的玩具。
- 他瞄準前方的敵人，毫不猶豫地射了過去。

參考答案

P.13
火眼金睛

黃鸝、翠柳、白鷺、青天、窗、西嶺、雪、門、東吳、船

名詞變色龍

我在房間寫作業。　✓

我在北京旅遊。　✓

媽媽在超市裏買菜。　✓

P.23
動起來

跳、盪、堆、跑

找一找

擠眉弄眼：用眉眼傳情或示意。

風馳電掣：形容非常迅速。

手舞足蹈：形容極其快樂。

張牙舞爪：形容猛獸的凶相或惡人的猖狂兇惡，也可以形容邊談笑邊揮舞手足的樣子。

抓耳撓腮：形容焦急、苦悶，生氣時想不出辦法的樣子，或形容高興得不知怎麼辦才好的樣子。

健步如飛：形容步伐矯健有力，走得很快。

走馬觀花：比喻粗略地觀察事物。

動如脫兔：像逃跑的兔子一般敏捷，後用以比喻行動十分迅捷。

面面相覷：你看着我，我看着你，形容大家因恐懼或不知所措而互相望着，都不說話。

飛簷走壁：指能飛越屋簷，攀登牆壁。形容武藝高強，身手矯捷。

P.33
詞語連連看

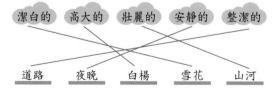

看圖填詞

開心、茂密、晴朗、潔白、挺拔、綠油油、鮮美

P.43

量詞小擂台

1. 條；2. 列；3. 塊；4. 隻；5. 隻；6. 架；7. 條；8. 家；9. 頂；10. 件；11. 條；12. 雙；13. 枚；14. 面；15. 桌；16. 張；17. 條；18. 塊；19. 碟

古詩中的量詞

粒、行、枝

P.53

豎起小耳朵

1. 嘟嘟嘟；2. 啪啪啪；3. 咕咕咕；4. 啞啞啞；5. 沙沙沙；6. 嘰嘰喳喳

生活用心聽

呼呼、轟隆、啪啪、嘎嘎、呱呱

P.63

填一填

3；4；2；5；1

選一選

傷心；激動；讚賞

P.73

略

P.83

疊詞選一選

閃閃；熊熊；茫茫；隆隆

補全疊詞

油、油；馬、馬；

人、人；自、自；

數、數；有、有

P.93

爺爺的生日會

①

連連看

喜結連理，永結同心 —— 新婚祝福

福如東海，壽比南山 —— 壽辰祝福

喜迎四面客，笑納八方財 —— 開業祝福

前途無量，夢想成真 —— 事業祝福

福星高照，福滿家門 —— 新春祝福

P.103

人體名稱辨一辨

⑤①③②④

成語連連看

如履薄冰 —— 做事非常謹小慎微，存有戒心

恩重如山 —— 恩情非常深厚

如虎添翼 —— 強而有力的人得到幫助變得更強更有力

光陰似箭 —— 時間過得非常快

P.113

詞語分類

開心搖籃：怡然自得、喜出望外、喜氣洋洋、心曠神怡、心花怒放

不開心搖籃：鬱鬱寡歡、悶悶不樂、垂頭喪氣、愁眉苦臉、憂心忡忡

P.123

詞語大觀園

都；第一名

詞語小偵探

拎、提；盯着、瞄準

童話大語文

詞語篇（上）詞語的分類

原 書 名：《童話大語文：詞語亂亂國》
作 者：陳夢敏
繪 者：冉少丹
責任編輯：林可欣
美術設計：劉麗萍
出 版：新雅文化事業有限公司
　　　　香港英皇道 499 號北角工業大廈 18 樓
　　　　電話：（852）2138 7998
　　　　傳真：（852）2597 4003
　　　　網址：http://www.sunya.com.hk
　　　　電郵：marketing@sunya.com.hk
發 行：香港聯合書刊物流有限公司
　　　　香港荃灣德士古道220-248號荃灣工業中心16樓
　　　　電話：（852）2150 2100
　　　　傳真：（852）2407 3062
　　　　電郵：info@suplogistics.com.hk
印 刷：中華商務彩色印刷有限公司
　　　　香港新界大埔汀麗路 36 號
版 次：二〇二四年六月初版

ISBN: 978-962-08-8384-2
Traditional Chinese Edition © 2024 Sun Ya Publications (HK) Ltd.
18/F, North Point Industrial Building, 499 King's Road, Hong Kong
Published in Hong Kong SAR, China
Printed in China